Analyse de l'œuvre

Par Natacha Cerf et Alice Rasson

La Promesse de l'aube

de Romain Gary

Rendez-vous sur lepetitlitteraire.fr et découvrez :

Plus de 1200 analyses
Claires et synthétiques
Téléchargeables en 30 secondes
À imprimer chez soi

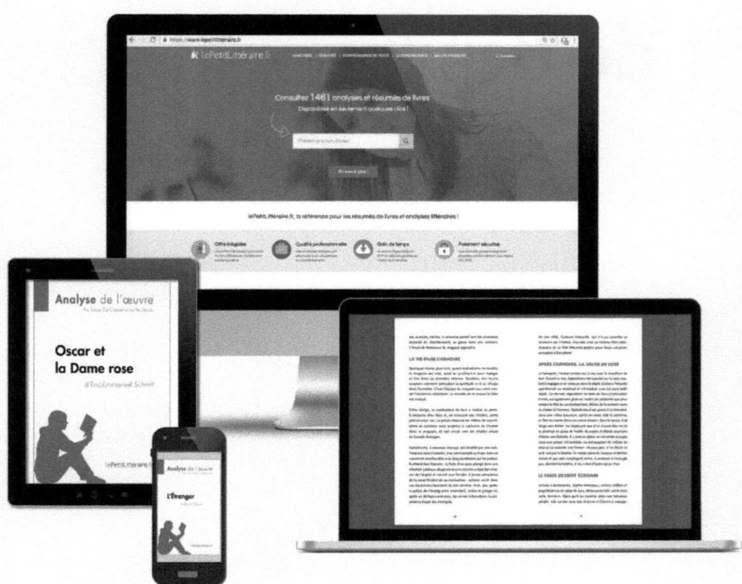

ROMAIN GARY

ROMANCIER FRANÇAIS

- **Né en 1914 en Lituanie**
- **Décédé en 1980 à Paris**
- **Quelques-unes de ses œuvres :**
  - *Les Racines du ciel* (1956), roman
  - *La Vie devant soi* (1975), roman
  - *Les Cerfs-volants* (1980), roman

Romain Gary (né Romain Kacew, et également connu sous le pseudonyme d'Émile Ajar) est un romancier français d'origine juive, né en 1914 en Lituanie. Il arrive en France à l'âge de 14 ans. Après avoir obtenu son diplôme de droit, il incorpore l'armée française libre jusqu'à la fin de la Seconde Guerre mondiale (1939-1945). Il poursuit alors une carrière diplomatique jusqu'en 1960. Il se suicide en 1980 à Paris.

Romain Gary est le seul écrivain français à avoir été récompensé deux fois par le prix Goncourt : une première fois pour son roman *Les Racines du ciel* publié sous le nom de Gary, et une seconde fois pour *La Vie devant soi* publié sous le pseudonyme d'Ajar. Romain Gary est notamment connu pour cette volonté de mystifier son nom.

LA PROMESSE DE L'AUBE

CE QU'UN FILS DOIT À SA MÈRE

- **Genre :** roman autobiographique
- **Édition de référence :** *La Promesse de l'aube*, Paris, Gallimard, coll. « Folio », 1980, 390 p.
- **1re édition :** 1960
- **Thématiques :** amour maternel, guerre, mort, promesse, maladie, ironie

La Promesse de l'aube est un roman autobiographique publié en 1960. Romain Gary y rapporte son passé, non pas tel qu'il l'a vécu mais tel qu'il l'aperçoit rétrospectivement à la lumière de ce qu'il est devenu.

Sa jeunesse est marquée par ses efforts pour réaliser les aspirations artistiques de sa mère. À la suite d'une faillite, lui et sa mère quittent la Pologne pour Nice où celle-ci atteint la stabilité financière grâce à la gérance d'un hôtel-pension. Romain obtient sa licence en droit, puis rejoint l'aviation de la France libre. Revenu à Nice en 1945, auréolé du succès de sa nouvelle *Éducation européenne* et de son titre de compagnon de la Libération, il apprend que sa mère est décédée : les lettres qu'il recevait d'elle avaient été préparées à l'avance.

RÉSUMÉ

LE DÉVOUEMENT D'UNE MÈRE

Parmi les contes et histoires sortis de l'imagination de la mère de Romain, figurent celles des trois dieux contre lesquels elle souhaite que Romain lutte. Enfant, il sait qu'il défiera pour sa mère Mina Totoche, le dieu de la bêtise, Merzavka, le dieu des vérités absolues, et Filoche, le dieu de la petitesse, des préjugés et de la haine. Ils sont la représentation symbolique, aux yeux de Mina et de son fils, des pires vices de l'humanité.

Femme forte et courageuse, Mina se démène pour subvenir seule aux besoins de son fils, à cause de son divorce. Celui-ci est dévoré par l'amour qu'il éprouve pour sa mère et par la volonté de faire quelque chose pour elle. Le futur écrivain croit en une force mystérieuse qui le poussera à la couvrir de ses propres lauriers pour compenser la vie de sacrifice et d'abnégation qu'elle mène pour lui.

Ils quittent Moscou pour Wilno (aujourd'hui Vilnius), où Mina se débat pour leur assurer une existence confortable. Grâce aux chapeaux qu'elle confectionne, ils connaissent une période d'aisance matérielle. Malheureusement, Romain tombe malade, et les frais médicaux les ruinent. « Le grand salon de haute couture parisienne Maison nouvelle » est déclaré en faillite. Ils quittent alors Wilno pour Varsovie où ils vivent difficilement. Là, Romain entre à l'école polonaise.

Un jour, un camarade de classe insulte sa mère, mais Romain ne la défend pas. Furieuse qu'il ne soit pas venu au secours de son honneur, Mina lui interdit de remettre les pieds dans cet établissement.

Plus tard, elle se rend au consulat de France pour les faire admettre comme résidents français. À Nice, Mina vend un immeuble dont on lui confie la gérance. Une partie est transformée en hôtel-restaurant. La clientèle arrive de tous les coins du monde.

Romain quitte Nice en 1933 pour suivre des études à la faculté de droit d'Aix-en-Provence. Il souffre d'un syndrome de dévirilisation aigüe : vivre aux crochets de sa mère, devenue une vieille femme malade et surmenée, le ronge.

À Paris, où il est parti continuer ses études, sa nouvelle *L'Orage* est publiée dans l'hebdomadaire *Gringoire*. Il obtient ensuite sa licence en droit et est sur le point de terminer sa préparation militaire supérieure.

TEMPS DE GUERRE

La France entre en guerre en 1940. Romain est le seul parmi près de trois-cents élèves observateurs à ne pas être promu officier, mais nommé caporal. Sa naturalisation française est en effet trop récente. Filoche, revêtu de l'uniforme de l'armée de l'air, a introduit ses préjugés à l'école de l'air d'Avord. À Bordeaux-Mérignac, Romain passe six heures par jour dans les airs comme instructeur de navigation. Il est rapidement nommé sergent. À cette époque, il reçoit un télégramme l'informant de l'état de santé très préoccupant de sa mère. L'angoisse de ne pouvoir honorer sa génitrice de ses lauriers l'assaille :

> « Que ma mère pût mourir avant que j'eusse le temps de me jeter dans le plateau de la balance pour la redresser, pour rétablir l'équilibre et démontrer ainsi clairement, irréfutablement, l'honorabilité du monde, témoigner de l'existence, au cœur des choses, d'un dessein honnête et secret me paraissait une négation de la plus humble, de la plus élémentaire dignité humaine, comme une interdiction de respirer. » (p. 26)

Néanmoins, il continue à recevoir des lettres d'elle. Rassuré, il ne se doute pas que celle-ci a en réalité préparé toute cette correspondance avant de mourir. Il ne l'apprendra que trois ans plus tard.

L'armistice de juin 1940 est signé, mais Romain veut continuer la lutte. Son statut de naturalisé lui fait chanter la grandeur de la France envers et contre tout. Il se rend donc au Maroc où la résistance doit se poursuivre, mais, arrivé à destination, il apprend que les autorités nord-africaines ont accepté l'armistice. L'appel du général de Gaulle (homme d'État français, 1890-1970), le 18 juin 1940, au maintien de la lutte n'a pas été entendu.

Romain quitte l'Afrique à bord d'un cargo britannique transportant un contingent de troupes polonaises. Il arrive à Glasgow où quelques missions lui sont confiées. Il rembarque ensuite pour l'Afrique. À bord de l'*Arundel Castle*, Romain, imaginant en permanence sa mère à ses côtés, se remet à écrire des nouvelles.

En Afrique, il n'a pas l'occasion d'être héroïque :

> « Je ne pense pas qu'en cinq ans de guerre, dont la moitié de présence en escadrille, interrompue seulement par des séjours à l'hôpital, j'aie accompli plus de quatre ou cinq missions de combat dont je me souvienne aujourd'hui avec un vague sentiment d'avoir été bon fils. » (p. 355-356)

Alors qu'il vient d'être nommé sous-lieutenant, il contracte une typhoïde. Porté par la vitalité de sa mère qui coule dans ses veines, il se rétablit.

Sa nouvelle *Éducation européenne*, écrite la nuit, sur la base aérienne d'Hartford Bridge, est publiée par un éditeur anglais. Romain est heureux pour sa mère :

> « Je n'étais pas devenu un héros, ni ambassadeur de France, pas même secrétaire d'ambassade, mais j'avais tout de même commencé à tenir ma promesse, à donner un sens à ses luttes et à son sacrifice, et mon bouquin, pour léger et mince qu'il fût, jeté sur le plateau de la balance, me paraissait faire le poids. » (p. 374-375)

À la suite d'une mission mouvementée, il reçoit la croix de la Libération des mains de Charles de Gaulle. À la Libération, de retour à l'hôtel-pension Mermonts, il apprend que sa mère est morte trois ans et demi auparavant. Elle s'est arrangée pour que les 250 lettres qu'elle avait écrites avant de mourir parviennent à son fils régulièrement, pour le soutenir.

ÉTUDE DES PERSONNAGES

ROMAIN GARY

Romain Gary est sensible et puise son inspiration à la source de l'indignation. Son récit autobiographique est écrit avec des larmes et de la colère. Sa mère et lui ont souvent été les victimes de la bêtise et de la méchanceté humaine, mais il a toujours eu la volonté de s'en sortir et d'échapper aux menaces antisémites qui pesaient sur eux. Il prend pour arme la littérature. Sa révolte contre les injustices prend alors la forme de la vocation littéraire. Autrement dit, écrire est pour lui le moyen d'assouvir sa soif de justice.

Romain Gary est un idéaliste : il se révolte contre l'iniquité, la cruauté des hommes et leur bêtise, mais il ne désespère pas de la nature humaine : « Je suis un vieux mangeur d'étoiles », affirme-t-il. *La Promesse de l'aube* est sans conteste un chant d'espoir. Le thème central de cette œuvre est la réalisation d'un idéal tissé dans son enfance : de la naissance à la mort, Romain aura eu soif d'absolu.

Tendre, il commence son récit par ses rêveries sur la plage de Big Sur (Californie) où il est entouré par la bienveillance de la côte sauvage. C'est la révélation d'une affection essentielle à ses yeux : celle de la nature. Aussi, dans presque chaque cha-pitre, une scène de tendresse avec sa mère est-elle décrite. Il y a certes, dans son récit, de nombreuses occurrences de la gêne et de la honte qu'il éprouvait face aux transports et aux grands éclats de sa mère, mais il a toujours préféré endurer le ridicule plutôt que de donner l'impression à sa mère d'être rejetée. L'émotion est au centre de son récit.

« Ma mère était juive. Mais ça n'avait pas d'importance. Il fallait bien s'exprimer. Dans quel langage c'était dit importait peu » (p. 248) : c'est de cette manière qu'elle le bénit avant son départ pour la guerre. Ces paroles démontrent que les appartenances communautaires, sociales, culturelles et religieuses n'ont, pour lui, aucune importance. Il fuit les étiquettes et refuse d'être défini en fonction de déterminations et de traditions quelconques. La famille et le pays d'origine sont perçus comme des obstacles à écarter pour réaliser son rêve. Il ne se laisse pas imposer de l'extérieur des rôles qui ne lui ressemblent pas et fait le choix de la liberté. Ainsi, il se dégage de ses racines : il écrit en français, parfois en anglais, jamais en russe ni en polonais. À ses origines, Romain Gary préfère l'ailleurs ; c'est le mouvement permanent qui le définit. Il a une personnalité dynamique et débrouillarde, il a soif d'action et possède une grande volonté. C'est un picaro, c'est-à-dire un personnage sans scrupule issu du peuple qui gagne les rangs de l'élite par ses ruses et son adresse.

Il a également un caractère enfantin, naïf et impulsif, qui se maintient par le lien d'amour exclusif avec sa mère. Cet esprit est le moteur de son combat pour la justice : il faut redresser le monde, au nom de l'harmonie et de la beauté des belles histoires. La lutte est possible grâce à cette naïveté. Pour cet écrivain solitaire et incompris, l'amour, la tendresse et le courage priment sur tout le reste.

MINA OWCZYNSKA

Mina Owczynska est la mère de Romain Gary. Elle est divorcée et élève seule son fils. Mère juive fuyant l'antisémitisme russe et polonais, elle se démène pour assurer un avenir à son enfant. Multipliant les professions et se privant parfois pour le nourrir, Mina est la figure emblématique du courage. Elle fait preuve d'une détermination sans faille et déploie force d'intelligence et de ruses pour parvenir à ses fins. Mais Mina Owczynska est aussi une femme qui déborde de sensibilité : régulièrement, elle fond en larmes, donnant de cette manière sens à ses actions. Son tempérament est excessif et passionné.

La mère de Romain Gary ne se plaint jamais malgré les situations dramatiques qu'ils traversent. Elle raconte à son fils de belles histoires qui les aident à vivre. Elle tente de réinventer la réalité par son imagination et exprime *ipso facto* la confiance dans l'existence qu'elle veut transmettre à son enfant. Mina crée une légende dorée de la France qui incarne la possibilité d'une vie sans persécutions :

> « La France que ma mère évoquait dans ses descriptions lyriques et inspirées depuis ma plus tendre enfance avait fini par devenir pour moi un mythe fabuleux, entièrement à l'abri de la réalité, une sorte de chef-d'œuvre poétique. » (p. 44)

Cette légende se révèlera partiellement avérée puisque c'est en France que Romain Gary réalise ses ambitions et fait l'expérience de la fraternité (un bijoutier français leur fait confiance et leur avance de l'argent, le garçon de café de chez Capoulade laisse Romain manger gratuitement des croissants, etc.). Mina a ainsi enseigné à son fils que les rêves peuvent devenir réalité si on se donne la peine de les concrétiser.

CLÉS DE LECTURE

L'AMOUR MATERNEL

Dès son plus jeune âge, Romain Gary se voit offrir un amour passionné et inconditionnel par sa mère :

> « Avec l'amour maternel, la vie vous fait à l'aube une promesse qu'elle ne tient jamais. On est obligé ensuite de manger froid jusqu'à la fin de ses jours. Après cela, chaque fois qu'une femme vous prend dans ses bras et vous serre sur son cœur, ce ne sont plus que des condoléances. On revient toujours gueuler sur la tombe de sa mère comme un chien abandonné. » (p. 38-39)

En retour, l'auteur veut combler les rêves de sa mère. Tout le récit évoque la confrontation entre les désirs maternels (tu seras un ambassadeur, un grand écrivain, etc.) et leur réalisation. Le lecteur pourrait même penser que Romain Gary a inventé certaines aspirations de sa mère pour montrer qu'il a bien su s'y conformer.

L'œuvre est entièrement construite autour d'une image positive de l'amour maternel. Romain Gary ne se prive toutefois pas de dépeindre la nature extravagante de sa mère qui l'a plongé parfois dans le ridicule, mais l'énergie vitale qu'elle lui insuffle prime sur ses défauts. *La Promesse de l'aube* est à la fois un hommage et une déclaration d'amour à sa mère, à qui il voue une véritable dévotion. L'autobiographie ne contient aucun reproche. Le côté excessif et le caractère surprotecteur de Mina sont vus de manière méliorative. Elle a toujours été là, même par-delà la mort, a fait de lui ce qu'il est devenu. C'est en quelque sorte l'aveuglement de l'amour maternel qui leur a permis de s'en tirer dans une époque historiquement si hostile. L'attachement maternel possessif et fusionnel, d'habitude destructeur, est ici architecte. Ce caractère fusionnel se manifeste dans *La Promesse de l'aube* par le remplacement fréquent du « je » par le « nous » : « C'est ainsi que la musique, la danse et la peinture successivement écartées, nous nous résignâmes à la littérature, malgré le péril vénérien. » (p. 31) Romain et Mina se confondent en un seul rêve. Les désirs, portés par la force du lien qui les unit, deviennent alors possibles.

Romain Gary sait que le diabète de sa mère finira par l'emporter. Séparé d'elle par la guerre, il l'intériorise : elle se met à vivre en lui par la puissance de l'imagination. L'auteur construit son image de manière de plus en plus lyrique et émue à mesure qu'il sent que leur séparation s'avèrera définitive. Leurs dialogues alternent avec les récits de guerre, et peu à peu Mina acquiert un statut de figure mythique. Elle est maintenue au centre de l'action : le « je » du narrateur est secondaire par rapport aux réactions du personnage interne qui l'habite. C'est une présence physique, impérieuse et dominatrice qui représente la justice et la parole juste :

> « Ma mère était outrée. Elle ne me laissait pas une minute tranquille. Elle s'indignait, tempêtait, protestait. Je n'arrivais pas à la calmer. Elle s'enflammait dans chaque globule de mon sang [...] elle était scandalisée, profondément blessée par le refus de l'Afrique du Nord de répondre à son appel. » (p. 300)

Romain Gary la décrit à grand renfort de détails réalistes

pour rendre sa présence encore plus matérielle :

> « Elle me poursuivait partout, me menaçant de sa canne, et je voyais clairement son visage tantôt suppliant et indigné, tantôt empreint de cette grimace d'incompréhension que je connaissais si bien. Elle portait toujours son manteau gris et le chapeau gris et violet et le collier de perles autour du cou. » (p. 326)

Réincarnée à l'intérieur de son fils, la présence exaltée de la mère maintient la promesse de Romain Gary : devant elle, pas question de déchoir. Aussi, la fidélité et le lien d'amour l'encouragent-ils et lui donnent-ils la force d'affronter l'avenir. Les paroles de sa mère ont une charge prophétique. C'est ce que traduit l'épisode symbolique des lettres écrites par Mina avant de mourir et qui lui sont envoyées régulièrement jusqu'à la fin de la guerre. Probablement faux, il donne de la matérialité à la présence constante de la voix d'outre-tombe. Ses missives reflètent ce qu'elle attend de lui et l'encouragent à être à la hauteur. Par ces ruses sublimes – le souvenir de Gary d'une part, les lettres de la mère d'autre part –, leur dialogue continue au-delà de la mort, ce qui illustre l'invincible réalité de l'amour :

> « Je l'inventai autour de moi avec tout l'amour et toute la fidélité dont j'étais capable. [...] Penché sur les vagues, je puisais dans le passé à mains pleines : des bouts de phrases jadis échangées, des propos mille fois entendus, des attitudes et des gestes qui sont restés dans mes yeux, les thèmes essentiels qui couraient à travers ma vie comme des fils de lumière qu'elle aurait tissés elle-même et auxquels elle n'avait jamais cessé de s'accrocher. » (p. 347)

LE POUVOIR DE L'IMAGINATION

Romain possède, tout comme sa mère, un esprit imaginatif exacerbé. Cette caractéristique rythme le quotidien des deux personnages qui sont constamment plongés dans leur imagination. Cet aspect du roman lui confère une grande théâtralité. Par ailleurs, les frontières entre la réalité et la fiction y sont brouillées à de nombreuses reprises.

Cette qualité, commune aux deux personnages, a plusieurs fonctions, ce qui lui donne un certain pouvoir. Premièrement, elle permet aux personnages d'avoir la force de poursuivre leurs objectifs. C'est le cas, notamment, lorsque Romain imagine sa mère l'encourager, lui parler, le motiver pendant la guerre. Cette créativité mentale continue de donner un sens à son combat.

De plus, l'imagination permet aux personnages de rendre leur réalité moins insipide, de leur donner le sentiment que leurs actions ne sont pas vaines. Romain, encore enfant, voit dans un tas de briques de la cour de leur immeuble une immense arène où il remporte ses premiers exploits de gladiateur. Sa mère, quant à elle, associe naïvement tous les exploits de guerre qu'elle lit dans les journaux à l'héroïsme de son fils. Elle réinvente la réalité par son imagination pour avoir, dans son propre regard et dans celui des autres, une image valorisante d'elle-même et de Romain. L'imagination permet donc de reconfigurer le réel, et de lui donner plus de saveur, plus de sens.

Finalement, ce pouvoir de l'imagination trouve son paroxysme dans les passages où les personnages trichent littéralement avec le réel. Un des épisodes comiques qui illustre ce comportement est la supercherie de la mère de Romain quand elle présente à sa clientèle le prétendu M. Paul Poiret, grand maitre de la haute couture parisienne, qui n'est autre qu'un de ses amis acteurs déguisé.

Cette ambigüité dans la distinction entre réalité et fiction s'illustre dans certains passages du roman où se déploie une terminologie littéraire et narrative pour décrire ce qu'est la vie. Lorsqu'il apprend qu'il ne sera pas nommé officier, Romain affirme : « je restais fidèle à mon personnage » (p. 225). De plus, il dit « aborder la vie comme une œuvre artistique en élaboration » (p. 279) ou il la compare à un genre littéraire (p. 332).

IMPORTANCE ET RÔLES DE L'HUMOUR

L'auteur utilise beaucoup l'humour au sein de son texte, et lui confère plusieurs formes et fonctions :

- **l'irrévérence pour retrouver l'authenticité et l'humanité**. Romain Gary est volontiers satirique et cynique envers certains discours, valeurs et postures, dans le but de dénoncer les apparences et de retrouver l'authenticité. Les personnages de *La Promesse de l'aube* en témoignent : sa mère foule notamment au pied les codes et les usages sociaux de l'élite. Elle n'hésite pas, par exemple, à demander assistance au roi de Suède pour réparer l'injustice faite à son fils, à savoir le refus d'une carte de membre d'un club de tennis privé ;
- **le ridicule pour défendre des valeurs au mépris de tout**

réalisme. Romain Garry se considère comme un clown lyrique. On retrouve dans l'œuvre la combinaison du lyrisme de l'ingénu multipliant les efforts pour atteindre son idéal et de la dérision devant l'impuissance de cet acharnement à changer le monde. Romain Gary est un Don Quichotte (héros du roman homonyme de Miguel de Cervantes, écrivain espagnol, 1547-1616) moderne : un idéaliste légèrement ridicule à force de persévérance ;

- **la dérision pour affronter l'angoisse**. L'humour est aussi un moyen pour Gary de s'accepter en oubliant un peu son image et le poids des rôles qu'il s'impose. L'autodérision est, pour lui, un réflexe de survie : hanté par la peur de déchoir, il l'utilise pour détourner son angoisse. Se moquer d'une situation, c'est déjà lui résister. L'humour aide à supporter et à faire face à l'angoisse sans la nier : il dédramatise les situations bloquées là où le sérieux paralyse. *La Promesse de l'aube* contient ainsi de nombreuses situations dramatiques qui sont toutes désamorcées par le rire. C'est le cas lors de la scène tragique où un camarade suicidé est enterré par ses frères d'armes qui ont le cœur lourd. La tragédie tourne à la farce quand ils se rendent compte qu'il y a eu confusion de contenant. Ivres, Romain et deux caporaux se trompent de caisse et enterrent non pas le cercueil de Lucien mais une caisse de Guinness cachée sous un drapeau tricolore. L'erreur n'a pas le temps d'être réparée : les honneurs militaires seront rendus à une caisse de bière ;

- **l'humour pour attaquer**. Romain Gary se sert enfin de l'humour pour dénoncer ce qu'il désapprouve, par exemple la psychanalyse :

« Au risque de choquer et de décevoir quelques-uns de mes lecteurs et de passer pour un fils dénaturé auprès de certains tenants des écoles psychanalytiques en vogue, je n'ai jamais eu pour ma mère de penchants incestueux. Je sais que ce refus de regarder les choses en face fera immédiatement sourire les avertis et que nul ne peut se porter garant de son subconscient. Je m'empresse aussi d'ajouter que même le béotien que je suis s'incline respectueusement devant le complexe d'Œdipe, dont la découverte et l'illustration honorent l'Occident et constituent certainement, avec le pétrole du Sahara, une des explorations les plus fécondes des richesses naturelles de notre sous-sol. » (p. 78-79)

UN ROMAN ÉPIQUE

L'auteur évoque des dieux malfaisants, éléments épiques parodiques, qui cherchent à contrecarrer les élans des hommes vers la dignité, l'amour et la justice : Totoche (la bêtise), Filoche (la petitesse, les préjugés, le mépris) et Merzavka (les vérités absolues).

La Promesse de l'aube est donc également le récit de la lutte de Romain Gary contre ces dieux : « J'ai voulu disputer, aux dieux absurdes et ivres de leur puissance, la possession du monde, et rendre la terre à ceux qui l'habitent de leur courage et de leur amour. » (p. 19) Il reprend le combat universel des hommes contre les dieux pour la possession de la terre et emprunte certaines images directement au genre épique : « Lorsque je lève la tête, je crois apercevoir leurs cuirasses étincelantes et leurs lances semblent se braquer sur moi avec chaque rayon du ciel » (p. 19), image de la bataille céleste avec les armées divines en ordre de marche qui emplissent le ciel. Les dieux apparaissent lorsque le grade de sous-officier lui est refusé par racisme, mais également à plusieurs reprises lors des récits de guerre. Le cadre mythique lui permet de rester centré sur la lutte essentielle pour les valeurs de l'humanité en n'accordant pas trop d'importance aux évènements historiques. La narration prend ainsi les allures de l'*Iliade*.

Si Romain Gary fait de sa lutte contre la bêtise humaine un mythe, c'est par refus de rejeter globalement la faute sur une race, une religion ou une nation. En d'autres termes, il fait de la part sombre des hommes une allégorie, car il refuse d'incarner précisément les figures de ses persécuteurs. Il aurait pu dresser un portrait de l'antisémitisme dont lui et sa mère ont été les victimes en Lituanie et en Pologne, mais il a eu la volonté de construire un récit où l'identification pouvait être universelle. Les divinités malfaisantes ne sont pas propres aux nazis allemands ni aux pogromes russes ou polonais : elles traversent toutes les époques et tous les lieux. Toutes les victimes des injustices peuvent se reconnaitre dans sa lutte. L'histoire de Gary n'est ainsi qu'un épisode de plus dans le cadre de la lutte de l'âme humaine. Son « je » englobe l'humanité entière.

L'ÉPOPÉE

L'épopée, ou genre épique, est un récit poétique qui raconte les aventures mythiques d'un héros et où intervient souvent le merveilleux. L'*Illiade* et l'*Odyssée* du poète grec Homère (VIIIe siècle av. J.-C.) constituent deux des plus célèbres illustrations du genre.

L'IDÉALISATION DE LA FRANCE

L'image de la France, dans ce roman, est ambigüe et instable. La mère de Romain idéalise ce pays au point de le mythifier. Elle l'associe à une légende dorée et à un lieu où les injustices n'existent pas et où les deux personnages pourront avoir une vie meilleure.

Cette idéalisation pourrait être mise à mal les nombreuses fois où Romain et sa mère sont victimes d'injustices sur le territoire français. Par exemple, le lendemain de leur arrivée, Mina tente de vendre son argenterie russe dans les boutiques de Nice et est très mal reçue par la population qui la traite comme une étrangère. Romain vit également une déception lorsqu'il n'obtient pas son grade d'officier parce qu'il est naturalisé depuis trop peu de temps. Malgré ces échecs, la France semble garder, du moins aux yeux de la mère de Romain, son image mythifiée.

Quant à Romain, sa perception du pays sera fluctuante. Longtemps, il semble porter sur la France un regard naïf nourri de tout ce que sa mère lui a raconté. Plusieurs passages expriment cette fidélité à ce mythe : « Je n'ai jamais pu me débarrasser entièrement de cette image féérique d'une France de héros et de vertus exemplaires. » (p. 51) Pendant la guerre, il a un comportement illustre et même acharné dans la résistance. Il veut à tout prix partir au combat et la défense de la France témoigne bien de son patriotisme à l'égard de son pays d'adoption.

Toutefois, sa quête de vérité et son aversion pour les préjugés et les stéréotypes viendront nuancer le regard que ce personnage pose sur la France. En effet, ses descriptions du pays oscilleront entre l'admiration la plus absolue et sa lucidité qui prend, à plusieurs reprises, le dessus :

> « Il va sans dire qu'un jour vint où cette image hautement théorique de la France vue de la forêt lituanienne, se heurta violemment à la réalité tumultueuse et contradictoire de mon pays [...] » (p. 102)

L'écart va donc, malgré tout, se creuser entre la France idéalisée de sa mère et celle qu'il voit de ses propres yeux, au point qu'il dit parfois avoir l'impression de n'avoir jamais connu ce pays :

> « Jusqu'à ce jour, il m'arrive d'attendre la France, ce pays intéressant, dont j'ai tellement entendu parler, que je n'ai pas connu et que je ne connaitrai jamais — car la France que ma mère évoquait [...] depuis ma plus tendre enfance avait fini par devenir pour moi un mythe fabuleux, entièrement à l'abri de la réalité... » (p. 44)

La perception de la France vient donc mettre en conflit des caractéristiques du portrait psychologique de Romain : sa fidélité et son amour pour sa mère ainsi que sa soif de vérité et de justice. Une ambivalence entre sa naïveté (conscientisée) et sa lucidité se met en place autour de ce motif.

Cette idéalisation met en perspective plusieurs traits psychologiques de Romain et représente donc une thématique fondamentale pour comprendre la complexité de ce personnage : entre son imagination exacerbée, son regard aiguisé sur le monde, sa tendance à appréhender son environnement avec ironie et son dévouement à sa mère, l'auteur de *La Promesse de l'aube* nous propose un récit autobiographique riche et nuancé.

PISTES DE RÉFLEXION

QUELQUES QUESTIONS POUR APPROFONDIR SA RÉFLEXION...

- Les rêves d'enfant jouent un rôle important chez Romain Gary. Pourquoi ?
- Quelles résonnances *Les Mots*, l'autobiographie de Jean-Paul Sartre (philosophe et écrivain, 1905-1980), ont-ils avec *La Promesse de l'aube* ?
- Dans son *Discours de Suède*, Albert Camus (écrivain français, 1913-1960) évoque un thème cher à Romain Gary. Lequel ?
- Pourquoi peut-on affirmer qu'*Antimémoires* d'André Malraux (écrivain et homme politique français, 1901-1976) est un texte qui rejoint la vision de Romain Gary ? Expliquez.
- Analysez le lyrisme du concombre dans *La Promesse de l'aube*.
- *La Promesse de l'aube* recouvre une double signification. Laquelle ?
- Il y a chez Gary un culte de la femme qui est récusé par les féministes. À votre avis, pourquoi ?
- En quoi cette autobiographie est-elle atypique ?
- Qu'est-ce qui rapproche cette œuvre de l'épopée ?
- En quoi la littérature peut-elle être définie comme une forme de fraternité ?

Votre avis nous intéresse !
Laissez un commentaire sur le site de votre librairie en ligne
et partagez vos coups de cœur sur les réseaux sociaux !

POUR ALLER PLUS LOIN

ÉDITION DE RÉFÉRENCE

- Gary R., *La Promesse de l'aube*, Paris, Gallimard, coll. « Folio », 1980.

ÉTUDE DE RÉFÉRENCE

- Roumette J., *Étude sur La Promesse de l'aube*, Paris, Ellipses, coll. « Résonances », 2006.

ADAPTATION

- *La Promesse de l'aube*, film de Jules Dassin, avec Melina Mercouri, Didier Haudepin et Assi Dayan, France, États-Unis, 1970.

SUR LEPETITLITTÉRAIRE.FR

- Fiche de lecture sur *La Vie devant soi* de Romain Gary.
- Fiche de lecture sur *Les Cerfs-volants* de Romain Gary.
- Fiche de lecture sur *Les Racines du ciel* de Romain Gary.

www.lepetitlitteraire.fr

ISBN version numérique : 978-2-8062-9080-9
ISBN version papier : 978-2-8062-9081-6
Dépôt légal : D/2016/12603/837

Avec la collaboration d'Alice Rasson pour les chapitres suivants : « Le pouvoir de l'imagination » et « L'idéalisation de la France ».

Conception numérique : Primento,
le partenaire numérique des éditeurs.

Ce titre a été réalisé avec le soutien de la Fédération Wallonie-Bruxelles, Service général des Lettres et du Livre.

Retrouvez notre offre complète sur lePetitLittéraire.fr

- des fiches de lectures
- des commentaires littéraires
- des questionnaires de lecture
- des résumés

ANOUILH
- Antigone

AUSTEN
- Orgueil et Préjugés

BALZAC
- Eugénie Grandet
- Le Père Goriot
- Illusions perdues

BARJAVEL
- La Nuit des temps

BEAUMARCHAIS
- Le Mariage de Figaro

BECKETT
- En attendant Godot

BRETON
- Nadja

CAMUS
- La Peste
- Les Justes
- L'Étranger

CARRÈRE
- Limonov

CÉLINE
- Voyage au bout de la nuit

CERVANTÈS
- Don Quichotte de la Manche

CHATEAUBRIAND
- Mémoires d'outre-tombe

CHODERLOS DE LACLOS
- Les Liaisons dangereuses

CHRÉTIEN DE TROYES
- Yvain ou le Chevalier au lion

CHRISTIE
- Dix Petits Nègres

CLAUDEL
- La Petite Fille de Monsieur Linh
- Le Rapport de Brodeck

COELHO
- L'Alchimiste

CONAN DOYLE
- Le Chien des Baskerville

DAI SIJIE
- Balzac et la Petite Tailleuse chinoise

DE GAULLE
- Mémoires de guerre III. Le Salut. 1944-1946

DE VIGAN
- No et moi

DICKER
- La Vérité sur l'affaire Harry Quebert

DIDEROT
- Supplément au Voyage de Bougainville

Dumas
• Les Trois
  Mousquetaires

Énard
• Parlez-leur
  de batailles,
  de rois et
  d'éléphants

Ferrari
• Le Sermon sur la
  chute de Rome

Flaubert
• Madame Bovary

Frank
• Journal
  d'Anne Frank

Fred Vargas
• Pars vite et
  reviens tard

Gary
• La Vie devant soi

Gaudé
• La Mort du
  roi Tsongor
• Le Soleil des
  Scorta

Gautier
• La Morte
  amoureuse
• Le Capitaine
  Fracasse

Gavalda
• 35 kilos d'espoir

Gide
• Les
  Faux-Monnayeurs

Giono
• Le Grand
  Troupeau
• Le Hussard
  sur le toit

Giraudoux
• La guerre de
  Troie
  n'aura pas lieu

Golding
• Sa Majesté des
  Mouches

Grimbert
• Un secret

Hemingway
• Le Vieil Homme
  et la Mer

Hessel
• Indignez-vous !

Homère
• L'Odyssée

Hugo
• Le Dernier Jour
  d'un condamné
• Les Misérables
• Notre-Dame
  de Paris

Huxley
• Le Meilleur
  des mondes

Ionesco
• Rhinocéros
• La Cantatrice
  chauve

Jary
• Ubu roi

Jenni
• L'Art français
  de la guerre

Joffo
• Un sac de billes

Kafka
• La Métamorphose

Kerouac
• Sur la route

Kessel
• Le Lion

Larsson
• Millenium I. Les
  hommes qui
  n'aimaient pas
  les femmes

Le Clézio
• Mondo

Levi
• Si c'est un
  homme

Levy
• Et si c'était vrai…

Maalouf
• Léon l'Africain

MALRAUX
- La Condition humaine

MARIVAUX
- La Double Inconstance
- Le Jeu de l'amour et du hasard

MARTINEZ
- Du domaine des murmures

MAUPASSANT
- Boule de suif
- Le Horla
- Une vie

MAURIAC
- Le Nœud de vipères

MAURIAC
- Le Sagouin

MÉRIMÉE
- Tamango
- Colomba

MERLE
- La mort est mon métier

MOLIÈRE
- Le Misanthrope
- L'Avare
- Le Bourgeois gentilhomme

MONTAIGNE
- Essais

MORPURGO
- Le Roi Arthur

MUSSET
- Lorenzaccio

MUSSO
- Que serais-je sans toi ?

NOTHOMB
- Stupeur et Tremblements

ORWELL
- La Ferme des animaux
- 1984

PAGNOL
- La Gloire de mon père

PANCOL
- Les Yeux jaunes des crocodiles

PASCAL
- Pensées

PENNAC
- Au bonheur des ogres

POE
- La Chute de la maison Usher

PROUST
- Du côté de chez Swann

QUENEAU
- Zazie dans le métro

QUIGNARD
- Tous les matins du monde

RABELAIS
- Gargantua

RACINE
- Andromaque
- Britannicus
- Phèdre

ROUSSEAU
- Confessions

ROSTAND
- Cyrano de Bergerac

ROWLING
- Harry Potter à l'école des sor-ciers

SAINT-EXUPÉRY
- Le Petit Prince
- Vol de nuit

SARTRE
- Huis clos
- La Nausée
- Les Mouches

SCHLINK
- Le Liseur

SCHMITT
- La Part de l'autre
- Oscar et la Dame rose

SEPULVEDA
- Le Vieux qui lisait des romans d'amour

SHAKESPEARE
- Roméo et Juliette

SIMENON
- Le Chien jaune

STEEMAN
- L'Assassin habite au 21

STEINBECK
- Des souris et des hommes

STENDHAL
- Le Rouge et le Noir

STEVENSON
- L'Île au trésor

SÜSKIND
- Le Parfum

TOLSTOÏ
- Anna Karénine

TOURNIER
- Vendredi ou la Vie sauvage

TOUSSAINT
- Fuir

UHLMAN
- L'Ami retrouvé

VERNE
- Le Tour du monde en 80 jours
- Vingt mille lieues sous les mers
- Voyage au centre de la terre

VIAN
- L'Écume des jours

VOLTAIRE
- Candide

WELLS
- La Guerre des mondes

YOURCENAR
- Mémoires d'Hadrien

ZOLA
- Au bonheur des dames
- L'Assommoir
- Germinal

ZWEIG
- Le Joueur d'échecs

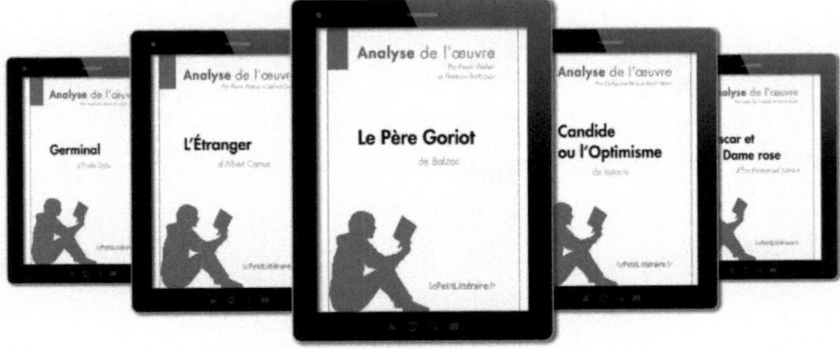